ALBERTUS

ESSAI

D'ANTI-ENCYCLIQUE

PARIS

ARNAULD DE VRESSE, LIBRAIRE-ÉDITEUR

Rue de Rivoli, 55

1865

ESSAI

D'ANTI-ENCYCLIQUE

IMPERIAL
TIMBRE
5
cen

AU PEUPLE

En France, il faut embrasser l'Univers,
Mettre une idée en un sublime vers,
Former un tout d'élémens très-divers.

PRÉFACE

Trois choses constituent une nation : la religion, la guerre et le commerce. La religion qui est la base ; la guerre qui est la force et la puissance ; le commerce qui est le moteur et la machine.

La religion attire, puis resserre les peuples ; elle les lie d'une manière indissoluble et en fait une même famille. Et voilà la nation fondée.

La guerre étend le territoire ; elle donne aux hommes la force et l'énergie ; elle les empêche de s'étioler dans une existence molle et féminine ; elle fait aimer le danger et fait braver la mort. Et voilà la nation grande et puissante.

Le commerce est la conséquence de l'union des peuples ; c'est une grande machine fonctionnant sans cesse, faisant de l'or et donnant le bien-être. Et voilà la nation riche et heureuse.

Sans le concours mutuel de ces trois principes, la nation tombe en décadence.

Ici, la religion, qui est la principale chose, nous occupe seule.

L'antiquité a eu ses idoles, ses dieux : elle a fini par les renverser, par en rire. Le moyen âge fut fanatique, l'âge moderne est raisonnable. Il faut à notre temps une religion dépouillée de tout mystère, ayant des dogmes sains, une doctrine saine.

Plus l'homme se civilise, plus il sent le besoin de s'élever vers Dieu. Il faut à l'être éclairé un frein puissant qui le retienne sur la pente des passions, où il se laisse glisser avec une rapidité d'autant plus effrayante qu'il ne veut voir que néant partout : dans la vie et après la mort.

Mais, où trouvera-t-il ce frein ? Dans l'exemple d'un petit nombre d'hommes puisant leur force dans l'humilité, dans le mépris des choses humaines, parce qu'ils se sentiraient au-dessus de ces hochets mondains, parce qu'ils ne tendraient que vers un but : le ciel.

Ces poètes du cœur seraient vénérés parce qu'ils seraient l'élite de la nation, parce qu'ils ne devraient qu'à leur naturelle et sainte vocation le respect que leur témoignerait la foule. Prêchant et consolant, n'ayant pas à s'occuper des milliers de détails — que l'on ne prend plus au sérieux — compliquant les actes du christianisme, ils seraient peu nombreux et auraient un auditoire et un troupeau immenses. La hiérarchie n'existant pas parmi eux, le clergé ne serait plus un État pour lequel la nation est, pour ainsi dire, obligée de fournir un contingent annuel et souvent peu choisi. Ni l'habit ni le titre ne profaneraient le caractère de l'homme : la vie exemplaire, seule, distinguerait le prêtre.

Leur chef, désigné par les nations catholiques, serait le plus
éclairé, le plus saint d'entre eux; il ferait instruire les adeptes sur
les dogmes et les doctrines de la religion; il leur donnerait pour
mission le bonheur de leurs frères, et le ciel pour récompense. Les
inférieurs étant les conseillers du peuple, le chef serait le conseiller
des empereurs et des rois.

L'équipage et les passagers d'un vaisseau démâté par les vents,
prêt à sombrer par la tempête, ont recours aux chaloupes, afin
d'éviter une mort certaine. C'est quelquefois l'imprudence du capitaine, l'incurie de l'équipage qui sont les causes du désastre.
L'Eglise, elle aussi, est un immense vaisseau. Si le capitaine ne
vielle sans cesse, s'il n'avance avec le Progrès, il sombrera, il des-
cendra du vaisseau dans la chaloupe : il n'aura plus des millions de
passagers à l'abri du danger, mais quelques hommes d'équipage sur
une mer en furie. — Qu'il veille, qu'il avance : le salut de tous est
entre ses mains.

L'auteur a essayé de résumer, en quelques vers, un projet de
rénovation religieuse. Il a choisi la poésie, à cause de la facilité
qu'elle offre de mettre une idée en quelques mots, à cause de
l'étendue que l'on peut parcourir en quelques phrases et de la grandeur qu'on y peut ajouter.
C'est parfois confus, décousu et trop rapide : sans cela, c'eût été
trop long. C'est la production d'une imagination exaltée qui se révolte
à la pensée de cette indifférence religieuse, de ce presque athéisme qui
règnent dans les esprits. L'auteur s'efforce de vouloir persuader ; il
cherche à convaincre par des raisons évidentes, et il en reconnaît les
difficultés. En rentrant en lui-même, il voit sourire l'Incrédulité. Même
en se bouchant les oreilles, il entend les grelots de la Folie, s'agitant
avec frénésie et entraînant des millions de malheureux.

Toute rénovation ne semble souvent qu'une utopie ; on n'en tient
pas compte, on en rit. L'auteur a, du moins, essayé d'être utile à ses
semblables, en cherchant à leur inoculer la foi. Il a fait son devoir.

L'intention du poëte n'est pas de renverser, mais d'améliorer.
Comme Diogène, il marche à tâtons vers la lumière, avec la ferme
conviction de rendre service à l'humanité. L'espérance de voir l'idée
se réaliser est dans cet axiome : *Le temps est un grand maître.*
Quant aux faits, c'est de l'histoire ; et ce que l'histoire dit, la poésie
peut le répéter : l'auteur oppose les bons effets où il y en a de mau-
vais. Quant aux raisons qui ont motivé ce travail, elles sont dans cette
maxime : *Quiconque est attaqué doit se défendre.* C'est le droit, c'est
la justice.

UN PAS EN ARRIÈRE

I

Dans un jardin sacré, mystérieux et sombre,
Près d'un arbre, agonise et pleure une grande ombre :
Homme au beau front divin, où se lit la douleur,
Homme aux traits fins et purs, où règne la pâleur ;
Il prie et joint ses mains, vers le Ciel il les lève,
Comme pour demander de suspendre le glaive ;
En proie à l'agonie, à l'effroyable mort,
Il voudrait écraser le serpent qui le mord ;
Des larmes de ses yeux coulent sur son visage,
Et de gouttes de sang sont l'horrible présage.

« Soutenez-moi, mon Père ! ayez pitié, Seigneur !
« Oui, dit-il, de ma mort dépendra le bonheur
« De tous les malheureux, auxquels je sauve l'âme,
« Mais, malgré moi, je tremble... et je sens une flamme
« Qui dévore mon être, étreint cruellement,
« A la fin de mon œuvre, au suprême moment ! »

La tête dans ses mains, à deux genoux il tombe ;
A toute sa douleur un instant il succombe.
Il se désole, il pleure et sur le genre humain
Et sur sa destinée, en voyant le chemin
Qu'il a déjà suivi, qu'à la fin il chancelle,
Que lorsqu'il veut prêcher, partout on le harcelle,
Que pour sa charité le puissant le maudit ,
Et que contre la mort en vain il se roidit.
« Mon Père, détournez cet effroyable abîme
« Que je vois là, béant... dont je serai victime,

« Dit-il en son délire. Oh! je me sens faiblir
« En pensant à ce vœu que je dois accomplir;
« Une terrible crainte envahit tout mon être,
« Car le doute en mon âme à chaque heure pénètre,
« Torturant tout en moi chaque pas que je fais,
« Ne sachant si ma mort expiera leurs forfaits.
« Je crains que la colère, un instant apaisée,
« Ne se réveille en vous pour la terre, arrosée
« De larmes et de sang que j'aurai répandus
« Pour ces préceptes saints qu'ils n'ont point entendus,
« Ces êtres sensuels, envieux et perfides,
« A vile face humaine, aux instincts homicides,
« Dénigrant ma parole et faussant son esprit,
« Que peu voulurent croire et que nul ne comprit. »

Dans ces réflexions sa grande âme s'abîme;
Il voit les saints effets de son œuvre sublime
Détruits par l'ignorance et partout combattus;
Et pour lui, le Sauveur, l'exemple des vertus,
Qui pour sa mission n'eut que haine et satire,
Il ne voit que mépris, il ne voit que martyre.

A genoux, le visage inondé de ces pleurs,
Sang moral et glacé des suprêmes douleurs,
Qui, coulant à grands flots, soulagent l'agonie,
Mais amollissent l'âme, étouffent le génie,
Accablé, l'ange entend mille funèbres glas
Annoncer lentement l'heure de son trépas.

II

D'un éclat somptueux, d'une robe azurée,
Soudainement se pare une voûte éthérée;

Dans les airs resplendit le pur dôme des cieux,
Au grandiose aspect, calme et silencieux :

Parvis d'un grand palais, plein de magnificence,
Où s'étale la pompe et la toute-puissance,
De celui qui dit : Nais ! Vis ! Espère ! — à tout : Va !
Qui de la terre au ciel a pour nom : Jéhova !

La brise et le zéphyr, confondant leurs murmures,
Exhalent des chansons de voix fraîches et pures,
Font frémir le feuillage et viennent caresser
Le visage et l'esprit... de rêves vous bercer.

Et toute la Nature, immense, radieuse,
Remplit l'être d'amour et rend l'âme joyeuse,
Donne de doux pensers, fait dire un mot : Bonheur !
Au formidable Tout fait murmurer : Seigneur !

III

Tandis que de la nuit s'exhalent les délices,
L'ange endure, en priant, le plus grand des supplices :
Cet espace infini de l'immense horizon
Étreint tout en son être, étouffe en sa prison
Son âme agonisante ; et la suave haleine
De ces tièdes zéphyrs, dont l'atmosphère est pleine,
Comme un souffle de mort, sur son visage en pleurs,
Passe brûlante ... en lui cause maintes douleurs.
La joie universelle, une douce harmonie
Là, semblent se jouer d'une lente agonie.

IV

Des hommes près de lui, dans le sommeil plongés,
Sont presque indifférens, ne semblent affligés

De cette affreuse angoisse... Et lui seul prie et pleure,
Attendant son arrêt, fixant sa dernière heure.

V

De l'ange, le visage un instant atterré,
Soudain, changeant d'aspect, comme transfiguré,
S'illumine de joie; une grande auréole
Plane sur son beau front et grandit sa parole.

Il s'écrie, en levant ses deux mains vers le ciel :
« De ce breuvage plein d'amertume et de fiel,
« Mon Père, oui, je boirai le poison et la lie...
« Dans la fange et la boue, et traînée et salie,
« Ma divine œuvre, hélas! ne pourra subsister;
« Mais puisse-t-elle, au moins, quelque temps exister;
« Ah! puisse ma doctrine être crue et suivie,
« Et mes préceptes saints régénérer la vie
« Des esclaves de l'or, des pauvres ignorans
« Qui sont sans foi ni loi sur cette terre errans;
« Ah! puisse ma parole allumer dans leur âme
« Et l'amour du prochain et la divine flamme
« Qui versent le bonheur, donnent la charité,
« Font naître l'espérance avec l'égalité.

« M'abreuver de douleur, boire un amer calice,
« Et verser tout mon sang et souffrir tout supplice,
« J'accepte... Je le veux!... Seigneur! mon cœur se fend...

« Mais ma mort viendra rendre à la mère, à l'enfant,
« Et la joie et le rire, et l'âme et l'espérance :
« Ils boiront le bonheur dans ma sainte souffrance,
« Ils prendront dans ma nuit le céleste flambeau,
« Ils verront le parvis du ciel dans mon tombeau... »

VI

'Des pas se font entendre ; un baiser le désigne,
Et d'un homme vénal est le perfide signe
Qui le livre aux soldats, satellites romains,
Emmenant, maltraitant le Sauveur des humains.

VII

Hué, puis flagellé par une populace,
Jésus, par son sang-froid , son visage de glace,
Répond à leur fureur ; dans son amour profond
Il pardonne aux méchans « ne sachant ce qu'ils font. »

VIII

Jésus, laisse vomir injures et sarcasmes,
De leur bouche sortant comme autant de miasmes,
    Qui ne te saliront ;
Méprise leurs soufflets et dédaigne leur rage,
Endure coups, crachats... Le plus sanglant outrage
    Ne peut flétrir ton front.

Vociférations, cris, ignobles blasphèmes,
Laisse tout dire et faire ; et de tes anathèmes,
    Suprême Souverain,
Ne charge point leur tête ; ils sont, monstres infâmes,
De race infime et vile, à peine ont-ils des âmes,
    Et ton trône est d'airain !

Puis, il faut que pour être et divine et bénie
Ton œuvre soit traitée avec ignominie ;
    Et que, par des pervers,

Elle soit critiquée, et plus tard étouffée ;
Qu'elle vienne sanglante, ainsi qu'un grand trophée,
       Refondre l'univers !

Et pour que, de ton nom, la mémoire éternelle,
Le sublime prestige et la gloire immortelle
       Aillent en grandissant,
Il faut que de douleur ta sainte âme s'abreuve,
— Subir tout pour ce nom, passer par toute épreuve,
       L'écrire avec du sang !

IX

Quand, sur le Golgotha, le tremblement de terre,
Le terrible volcan, ouvrant son grand cratère,
Les éclairs et la foudre, éclatant et grondant,
Et l'effroyable bruit, dans les cieux répondant,
D'épouvante et d'effroi glacèrent tous les êtres,
Remplirent de terreur les meurtriers, les traîtres,
Proclamèrent Jésus le vrai fils du Seigneur,
Son prophète et Messie apportant le bonheur ;
Avec l'amour, la foi, la grâce et l'espérance,
Faisant cesser les maux, détruisant l'ignorance ;

Le grand christianisme envahit tous les cœurs ;
Ses apôtres, partout écoutés et vainqueurs,
Propageant sa doctrine, inculquant ses préceptes,
Eurent nombre croyans, obtinrent des adeptes ;

Et la religion de tous les malheureux,
Opposant sa lumière aux dogmes ténébreux
Des croyances du monde et du polythéisme,
Inonda tout le globe et vainquit l'athéisme,

Enseigna le pardon, l'amour, la charité,
Patience et prière, ainsi qu'humilité.

X

Dix-huit siècles ont fui. La religion tombe ;
Chaque jour, plus avant, elle creuse sa tombe.
Le danger est réel et l'abîme est béant,
Car l'homme se fait aigle, et dit : « Tout est néant. »

XI

D'abord, au moyen âge, époque fanatique,
On rêva l'existence idéale et mystique,
Pour tout faire expier par de saints repentirs ,
Et la foi de Jésus engendra des martyrs.

Puis vint la décadence, aussi forte et rapide
Qu'avait été la foi ferme, pure, intrépide :
Des ministres du Christ, fauteurs d'exactions ,
Se faisant inhumains et chefs de factions :

Quand maîtres absolus, seigneurs héréditaires,
Et, pour tout, de Dieu seul étant les feudataires,
Sous des prétextes saints grossissant leur trésor,
Ils vendaient l'indulgence, un royaume à prix d'or.

Quand prêchant la croisade au milieu des cantiques,
Contre l'impiété, contre les hérétiques,
On eût dit, à leur voix, qu'ils avaient soif de sang,
Qu'ils se réjouissaient, cruels, en le versant !

Bien heureuses aussi les pauvres créatures
Qui pouvaient échapper aux cruelles tortures

De l'Inquisition !.. préludes des enfers,
Supplices du bûcher, des cachots et des fers.

Voilà certains d'entre eux petits et mercantiles,
Perfides et haineux... pour des choses subtiles,
Se chicanant sans cesse à propos de parti,
Quand chaque heure perdue eût fait un converti.

XII

Non, ces hommes d'argent n'ont point compris leur tâche.
— Que n'ont-ils travaillé sans trêve ni relâche,
Par la force morale, à conquérir les cœurs,
Dont ils eussent été les faciles vainqueurs,
En pratiquant bien tous l'abnégation vraie
Pour un faste de cour, dont l'étalage effraie ;
En qui le peuple voit : soif d'or, rapacité,
Un sordide intérêt, au lieu de pauvreté ;
Qu'il ajoute aux détails, formant, quoi qu'on en dise,
Superbes revenus et chère marchandise.

XIII

Mais, au christianisme on doit de grands bienfaits,
Dont on ressent encor les généreux effets :

Ici, des temples saints, aux voûtes colossales,
Aux superbes vitraux et grandioses salles,
Aux dômes élevés, majestueuses tours
Dessinant dans les airs leurs gracieux contours,
Sont des chefs-d'œuvre d'art, de grande architecture,
Et prouvent du génie en faible créature.

Là, des lieux de refuge et pour l'âme et le corps,
Où règnent l'harmonie et les parfaits accords,

Où l'on donne des soins, à tous offrent asile :
Et tout être pieux qui du monde s'exile,
Et tout être malade et de maux affligé,
S'y trouve heureux, content, est soigné, protégé.

Ici, l'on vous élève ; on inculque, on enseigne
Les devoirs, la piété ; dans l'esprit, l'on imprègne
Les premiers rudimens de la langue et des arts,
Ouvrant l'intelligence, et laissant aux hasards
De la vocation, de la bonne fortune,
Le soin de vous guider de façon opportune.

Aux larges sons de l'orgue, aux religieux chœurs,
Là, s'élève toute âme et s'unissent les cœurs :
Sainte maison où vit, plein de son sacerdoce,
L'homme qui d'ici-bas plus lourde charge endosse,
Qui venant au devoir doucement rappeler,
A notre heure suprême accourt nous consoler.

XIV

Mais, ô mon Dieu, pourquoi ces églises désertes?

O peuple, l'on dirait qu'ainsi tu te concertes
Pour n'y jamais venir à deux genoux prier?

De la religion voulant t'expatrier.
Tu vis d'indifférence, et tu jettes le blâme
Sur la moindre action de ces guides de l'âme.

C'est que l'être est trop vil ou trop matériel
Pour prier quelquefois, pour aspirer au ciel.

— C'est que l'homme aujourd'hui ne voit dans le saint temple
Qu'un très-beau monument, qu'au dehors il contemple;

Qu'il déplore, au dedans, du culte l'attirail,
Seul propre à divertir bigotes du bercail
Qui venant de la mode y faire l'étalage,
Profanent le saint lieu par cet esprit volage.

— C'est que l'homme, surtout, ne veut pas s'enchaîner ;
C'est que, sincère et franc, il craint de s'entraîner
Dans les discussions et formes synodales ;
Qu'il s'égare et se perd dans les nombreux dédales
Qui compliquent tout acte : effets mystérieux
Qu'il ne peut approuver, ni prendre au sérieux.

XV

Mais la religion est la base du monde,
Car toute nation, c'est elle qui la fonde ;
Sur le globe elle étend les immenses rameaux
D'un grand arbre divin, guérissant tous les maux,
Produisant, répandant des fruits, des biens sans nombre,
Pour quiconque recherche un abri sous son ombre :
Il possède la vraie et seule égalité,
C'est l'arbre du bonheur et de la liberté.

XVI

Comment, au seul aspect de l'effrayant mystère
De cette voûte immense enveloppant la terre,
Qui paraît une boule auprès de l'infini,
Et dans l'espace un point, comme un splendide nid,
L'être n'a pas vu Dieu, ce géant formidable
Regardant ses fourmis d'un regard insondable,
D'un œil bon, doux, clément : de lion, d'éléphant,
D'aigle pour le petit ; de mère pour l'enfant ?

— Non. Son esprit ne voit et ne rêve d'empire
Que le peu d'étendue où sa bouche respire. ·
Et peut-on contempler l'œuvre du Créateur
Quand de nains, ici-bas, on se fait le flatteur?

XVII

Oui, de ta Rome, ô France! ô nation première!
On vante les exploits, on reçoit la lumière.
Du monde elle fut reine; un majestueux char
En triomphe portait son amant, son César.
Ces idoles d'airain par elle renversées
Prouvent une grande âme et de hautes pensées.

O jeune Rome, à qui rien n'inspire d'effroi,
Prends Jésus–Christ pour guide et l'Éternel pour roi!
Jadis, la chrétienté pour Rome ouvrit l'abîme;
Toi, par elle, grandis; des cieux, touche la cime!
Ton peuple ne voit-il que folie et plaisirs?
S'il est brave et sensible, il a d'autres désirs.

XVIII

O grand peuple, n'es–tu qu'espiègle, que frivole?

— Non, tu sais distinguer dans l'homme, quand il vole
De ce vol du génie ou guerrier ou divin,
S'il est aigle ou corbeau, s'il est géant ou nain.
Quand tu dis: Liberté! que ta hache moissonne,
L'univers en frémit, l'univers en résonne!
Le monde entier a vu tes glorieux combats,
Sait comment tu franchis, sait comment tu te bats.
— Non, ton âme d'un roi dédaigne la largesse;
Sur ta fureur toujours domine ta sagesse;

Et, par là, fier et grand, malgré ta cruauté,
Tu fais et tu conquiers tes lois, ta liberté.

XIX

O peuple, es-tu sans cœur? O peuple, es-tu sans âme?

— Non, l'amour en ton être allume aussi sa flamme.
Tu te sens tressaillir près d'un petit enfant
Qui tend vers toi ses mains, dans ton sein réchauffant
Son jeune et tendre cœur, y puisant la tendresse,
Y buvant à longs traits la virginale ivresse.
Tu voudrais voir ta fille exempte de tourmens,
Et trouver en ton fils de nobles sentimens.

— Pour avoir cet amour du danger, de la gloire,
Qui subjugue le monde et donne la victoire,
Avec l'aigle d'airain sur sa tête arrêté,
Il faut une âme, et croire à l'immortalité.

XX

Eh bien, peuple géant, veux-tu grandir encore?
Que du titre de sage, ô peuple, on te décore?
Devant ton Dieu mets-toi tous les jours à genoux,
Dis : «La pourpre est aux rois, l'espérance est à nous.»

XXI

Lorsqu'aux rêves dorés, l'ivresse et la maîtresse,
Succèdent le réel, amertume et détresse ;
Que dans l'âme et le cœur tout est nuit, tout est froid ;
Que l'être, las, blasé, ne trouve plus d'endroit

Où la vie ait du charme, où l'âme se retrempe ;
Que ces marches du Temps on les gravit sans rampe,
Qu'il serait doux d'avoir la force pour souffrir,
Un soutien pour marcher et la foi pour mourir.

Avec l'amour du bien que donne la prière,
On vit sans crainte ; on peut regarder en arrière.

XXII

Peuple, un homme qui vit dans l'ombre et dans l'oubli,
Et par toute abstinence et vertus ennobli,
Qui conseille et pardonne, à qui l'on dit : «Mon père, »
Qui, souriant à tous, à chacun dit : « Espère »
Ne fait–il à ton âme, émue à son aspect,
Penser : « Amour pour Dieu ; pour l'apôtre, respect ? »

*

« Oui ; mais, dira le peuple, il est du petit nombre
Des ministres du Christ ; que du culte on dénombre
Prêtres humbles et francs des prêtres orgueilleux,
Remplis d'ambition, faiseurs de merveilleux ?

*

« Et pourquoi fils de Dieu le plus grand des prophètes ?
— C'est pour vous élever que divin vous le faites.
Les apôtres d'un maître et du monde et des cieux
Peuvent porter bien haut leur front audacieux,
Peuvent tout gouverner au ciel et sur la terre,
Tout dire et faire croire avec un mot : «Mystère. »

*

« Jésus, prophète humain, ne serait-il plus grand ?
Qu'est-ce qu'un Dieu qui souffre, agonise, et mourant
Pour des êtres sans âme, et n'ayant de lumières
Que ce qui peut venir de coutumes premières ?

*

« Puisqu'ils sont nés pervers, quel meurtre ont-ils commis ?
Ils pensent qu'ici-bas tout doit être permis
Pour jouir du présent, et, sans inquiétude,
Vivre dans l'opulence ou dans la servitude.

*

« Dieu, juste, leur envoie un Messie, un Jésus,
Dont génie, amour, foi passent inaperçus :
Exemple de bonté, mais dont ils se méfient,
Et que, pour ses vertus, méchans, ils crucifient.

« Ce sont des ignorans éteignant un flambeau,
C'est la vie et l'amour s'exhalant d'un tombeau.»

XXIII

Le peuple continue :

      « Et pourquoi tout ce monde
Pour des humains dompter, gouverner l'immense onde ?
— C'est qu'il faut de nombreux et rudes matelots
Pour conduire un vaisseau, pour vaincre tant de flots.

« Eh ! c'est là qu'est le mal, c'est là qu'est le grand vice :
Car il faut que chacun, à sa faim, assouvisse,

Et son ambition et ses désirs mondains,
Que chacun, à la gloire, y monte par gradins,
Comme il peut et selon ses moyens et sa force ;
Qu'intrigant ou pieux il parvienne, et s'efforce
D'avoir, comme un soldat, le grade et le galon,
D'être grand dans l'Église, à l'autel, au salon ;
Puis que chacun aspire aux honneurs, et se pare
Ou de chape et de crosse, ou de pourpre et de tiare.

« Oh ! servir l'Éternel en habit de gala...
De semblables hochets Jésus ne s'affubla.

XXIV

« Non. La simplicité dans le dogme et le prêtre :
L'un sain, l'autre éclairé, nous doivent apparaître.

« Jésus-Christ est une âme, un céleste Envoyé,
Un génie, un flambeau, qui, n'ayant employé
Que douceur et bonté pour son œuvre sublime,
Fut la grande lumière, et, de l'hydre, la lime.

« Le prêtre est le saint homme et le grand conseiller,
Sur ses frères, enfans, sans cesse il doit veiller.
Être grand, charitable, être indulgent et tendre,
Voilà son digne rôle. — Il peut de tous attendre
La vénération en tout temps, en tout lieu,
Dédaignant tous honneurs pour mieux servir son Dieu.

« La plus grande gloire est le respect de la foule,
Et sans effet moral la puissance s'écroule.

XXV

« Oh ! combien, parmi nous, sont brutes, incivils,
Ont des instincts cruels et des sentimens vils...

« — Hélas ! le Mal, le Vice, au berceau, dès l'enfance,
Viennent les enchaîner, les perdre sans défense :
Livrés par la Misère au Crime, aux Passions,
Ne ressentant l'amour ni les affections ;
Sans gîte, sans asile, et sans but et sans âme,
Ils errent au hasard, font un commerce infâme ;
Ils vont pillant, tuant, pareils aux animaux ;
Abrutis, paresseux, affligés de tous maux,
Rongés par les remords, traqués par la police,
Ils vont tout expier dans le plus vil supplice.

« Si le père et la mère avaient pour eux ce frein
De la religion, ce bien si souverain
Modérant les besoins et consolant des peines,
Élevant le moral et détruisant les haines,
Ils jouiraient du calme et verraient le bonheur
Dans l'amour maternel, la crainte du Seigneur;
Ils se respecteraient; leur égide bénie
Protégerait l'enfant contre l'ignominie.
Mais en voyant un prêtre accumuler des biens,
Briguer tous les honneurs, grandir par tous moyens,
Préférer l'opulence à l'humble et simple vie,
Être sujet, comme eux, à la haine, à l'envie,
Ils disent : « Ce qu'il prêche est un vrai contre-sens,
« Ces biens à dédaigner sont très-appétissans
« Pour lui, le saint ministre, à qui l'on ne tient compte
« De toute simagrée ; on rit lorsqu'il raconte
« Les miracles des saints ; le mépris, le dédain
« L'accueillent au dehors, car on le sait mondain.

« Et puisque la soutane est si peu respectée,
« Mieux vaut la face ivrogne et la mine effrontée.

« Jouissons du présent, qu'importe l'avenir ?
« Tous font voir qu'en ce monde il vaut mieux tout tenir. »

XXVI

« L'Église simple et grande. Un majestueux temple
Où, devant l'Éternel, l'âme prie et contemple,
S'élève jusqu'au ciel, aspire à l'idéal,
Par la simple grandeur du cérémonial.

« Voilà ce qu'il nous faut.

*

                       « Qu'une sainte figure
Pour la religion à nouveau s'inaugure :
Que Jésus reparaisse homme comme jadis.
— Église, crois-tu donc, que Dieu, tu le grandis ?

« Et puis, faire descendre et souffrir sur la terre
Le Fils de l'Éternel... Il vaudrait mieux se taire
Que d'inventer ce fait que l'Orgueil enfanta.
— Est-ce tout ce qui peut sortir du Golgotha ?

« Créer la Trinité... donner de la lumière,
De l'esprit au génie, à la force première,
Pour des actes divins guider le résultat,
C'est commettre envers Dieu le plus grand attentat ;
Et c'est bien rabaisser sa majesté suprême,
— Montrer de notre esprit la petitesse extrême.

« Pourquoi pas supposer le mariage aussi
Au sein de la famille, expliquant tout ceci?

*

« Que la profusion des prêtres disparaisse :
C'est là l'essentiel, c'est la réforme expresse.

« Que l'homme se sentant de la vocation
Pour le calme idéal, la méditation,
La prière, du Bien la source charitable,
Puisse espérer de nous le respect véritable.
« — La prêtrise est, en somme, un lucratif état,
Qui ne produit ainsi qu'un fâcheux résultat.

« Que le ministre soit la divine boussole ;
Qu'il prêche, enseigne, prie et seulement console,
En soutane ou surplis, selon son bon plaisir :
Toujours simple, humble et grand.
« Voilà notre désir. »

TOUT

XXVII

Quand des mondes dans l'air la chute formidable,
De la création le chaos effroyable,
Vomissant dans l'espace et l'abîme béant
Les sphères et les corps, peuplèrent le Néant ;

Que sur chacun des points, sur l'immonde matière,
D'un astre somptueux resplendit la lumière,
Enchantant le séjour des royaumes de Dieu,
Et de l'immense roue étant l'énorme essieu ;

Que le sublime moule eut formé la Nature,
Des plus petits détails jusqu'à la créature,
Eut embelli, peuplé l'infini, l'Univers,
Enfin, eut fait le tout d'élémens si divers ;

Du sublime grand-œuvre, alors l'ébauche immense
Fut finie, achevée avec magnificence :
Chaque monde eut son jour, sa lumière et sa nuit,
Et le moindre espace eut sa splendeur et son bruit.

Puis, tout séjour terrestre eut, dans chaque hémisphère,
Un climat différent, et de quoi satisfaire
La changeante nature et les goûts inconstans
De ses êtres humains et mortels habitans.

Sous les cieux, Jéhova déchaîna la tempête,
Qu'ici de son courroux, terrible, elle répète ;
Puis, il fit dans l'espace éclater les éclairs,
Et d'un bruit formidable épouvanta les airs !

XXVIII

Que d'amour et de soins, que de sollicitude
Eut Dieu pour ses enfans, immense multitude
Jetée, éparpillée en des milliers d'endroits,
De la création étant les êtres-rois !

Chacun d'eux eut un corps d'une forme admirable,
Reçut l'intelligence en force désirable,
Et fut doué de cœur, centre des passions,
D'âme pleine d'amour et d'aspirations.

Le corps fut la machine ; en l'être, le principe,
Qui, tout matériel, au divin participe :
Ressort faisant mouvoir, agir, marcher le tout,
Qui sans lui ne peut rien, qui sans lui se dissout.

L'intelligence fut le guide de la vie ;
Et domptant la Nature, à son sceptre asservie,
Elle fut reine ; elle eut le grand don d'embrasser
Les sciences, les arts, et celui de penser.

Le cœur, foyer de l'homme, eut l'étonnant mélange
De passion, d'amour, — de démon, d'enfant, d'ange ;
Il fut chez l'être humain le sublime moteur,
Il fut comme l'espoir et comme l'enchanteur.

Et l'âme eut l'idéal, la lumière divine,
Qui font que l'être admire et quelquefois devine
Dieu, l'œuvre et son but ; qu'il sent la profondeur
Des célestes desseins, ainsi que leur grandeur.

XXIX

Mais à ce corps parfait il lui manqua des ailes,
Et l'être eut du génie en faibles étincelles ;
Son cœur eut la bonté, parfois la cruauté,
Son âme recéla l'amour, l'impureté.

Si l'homme eût pu voler, son orgueil indomptable
Eût dédaigné la terre et tout globe habitable;
Et son génie étant multiple, universel,
Oh! certe, il se fût cru semblable à l'Éternel.

Ces contrastes du cœur, de la nature humaine,
Furent, chez l'être-atome, un frappant phénomène :
Grands moteurs le faisant aimer et s'agiter,
Désirer et haïr, et, par suite, exister ;

Sources de bien, de mal, causes de sa faiblesse,
Tenant et son esprit et sa pensée en laisse,
Le faisant s'égarer, se perdre dans le mal,
Et se mettre au niveau du plus vil animal.

Le pur, le saint amour, chaste et divine flamme,
Quintessence du tout, constituèrent l'âme :
Réceptacle idéal où, par les vents battus,
Les vices, les instincts se mêlent aux vertus.

Afin que de tout mal il n'ait insouciance,
En l'être, Dieu créa la froide conscience
Qui lui fait tout peser, le remplit de terreur,
Mais, pour tout bien qu'il fait, lui verse du bonheur.

XXX

Voilà donc ce mortel qui jusqu'à Dieu s'élève ;
Qui, puissant ici-bas, sent sur sa tête un glaive
Toujours prêt à frapper ; dont se confond l'orgueil
Au suprême moment, à l'aspect du cercueil.

XXXI

Avec magnificence illuminant les mondes,
Opposant un soleil aux ténèbres profondes,
De mystère entourant cet immense infini,
Dieu fit voir aux humains la splendeur de leur nid.

XXXII

Ces millions de feux scintillant dans l'espace,
Énigme qui subjugue, épouvante et surpasse,
Furent autant de lieux, d'êtres, d'âmes peuplés,
Des divines faveurs tous plus ou moins comblés.

XXXIII

Décrivant un grand cercle autour de l'axe immense,
Sur les séjours lointains répandant sa clémence,
Là, Dieu, comme principe à la création,
Peupla d'êtres impurs des lieux d'affliction.

Et comme résultat de la cause première,
Ici, vint resplendir la divine lumière,
En des lieux de repos d'êtres purifiés,
Guides de tous humains, à leurs soins confiés ;

Vivant dans l'allégresse et la béatitude,
Ils veillent tendrement sur une multitude ;
Et des humains ils sont les anges gardiens,
Leur donnant des conseils, des soins quotidiens.

Dieu n'eût mis tant de soins après sa créature
Pour des vers, à sa mort, en faire la pâture.

UN PETIT ROI

POUR UN IMMENSE EMPIRE

XXXIV

Jadis régnait un roi, descendant des Césars,
Par sa théocratie émule des grands czars ;
Par sa force et sa pompe effaçant tout sur terre,
Car il enveloppait son trône de mystère,
Disant que ses pouvoirs lui venaient tous de Dieu
Et que sa cour était, ici-bas, le saint lieu ;
Sa pourpre impériale et d'or éblouissante
Remplissait de respect la foule obéissante ;
Sa main de fer tenait empereurs et grands rois
Courbés sous sa tutelle, et leur dictait ses lois ;
Faisant et détrônant ces souverains du monde,
Il commandait aux flots, gouvernait l'immense onde
Des peuples d'Orient aux peuples d'Occident,
Qui s'agite avec force et va toujours grondant.

XXXV

A sa voix, se levait l'Europe tout entière,
Quand César déployait sa splendide bannière :
Peuple, nobles et rois s'élançaient d'un seul bond
Aux combats, à la mort ; et, d'un œil furibond,
Bravaient tous les dangers, marchaient à la victoire,
En criant : « Au martyre ! A l'immortelle gloire ! »

Ces fiers soldats du Christ, ces héros de la foi,
Avaient pour cri : Courage ! et Charité pour loi ;
Saint-amour pour emblème et Croix pour oriflamme !
Bravoure dans le cœur et Noblesse dans l'âme !

Et maintenant ils ont la palme des martyrs,
L'auréole des saints : immortels souvenirs.

XXXVI

Ce roi majestueux, au sublime génie,
Était, hélas! despote et plein de tyrannie :
Faiblesses qu'il eût pu, certes, ne pas avoir
Avec un si grand sceptre, avec un tel pouvoir.

XXXVII

Mais, sachant allier les plus petites choses
Et les moindres détails aux actes grandioses,
Ce puissant souverain agitait un levier,
Formidable élément qu'eût jamais un guerrier :
Dans l'âme de chacun, dans le foyer du monde,
S'embrasant à sa voix, s'agitant comme une onde,
Il pénétrait en maître ; en prophète il régnait
Sur les faibles esprits ; souvent, il étreignait
Et l'âme et la pensée en des êtres timides,
Qui se seraient bien crus damnés et déicides
D'oser le contredire ou ne pas croire en lui,
Lorsque la Vérité par sa bouche avait lui.

XXXVIII

Avilissant les rois et portant leur couronne;
Détruisant tout prestige et respect qu'environne
Leur sacré diadème, il ôtait aux sujets
Cette admiration pour tous ces vains reflets
De pourpre, de grandeur, de majesté divine
Qui subjuguent l'esprit, qu'un grand sceptre fascine.

Affaiblissant ainsi leur pouvoir souverain,
Lui seul se cimentait un grand trône d'airain ;
Il avait d'un géant l'épée universelle
Qui renverse ou construit où son fer étincelle,
Qui change, détruit tout, quand il veut, à son gré :
Il était seul arbitre et suprême et sacré.

Dans son immense empire, il avait des ministres
Rendant tous des arrêts bienheureux ou sinistres,
Et pour l'éternité : jugemens solennels
Condamnant aux enfers... supplices éternels
Que devait endurer toute âme pécheresse...
Mais, aux saints, promettant la béate allégresse.

De la grâce divine ayant tous les reflets,
Il ouvrait aux élus le céleste Palais ;
Quand de l'Être suprême il chantait les louanges,
Ses doux chans se mêlaient aux doux concerts des anges ;
Tandis qu'au ciel roulait son majestueux char,
Sur terre, il revêtait la pourpre d'un césar !

XXXIX

Ce roi presque divin avait des filles, reines
D'États plus ou moins grands, dont il tenait les rênes,
Qui, soumises d'abord, voulurent secouer
Son joug par trop pesant, et le désavouer.

Seule, sa fille aînée, à son trône fidèle,
D'obéissance fut le plus parfait modèle.
Le père, même usant et de force et d'effroi,
L'aima toujours, — autant que peut aimer un roi.

*

Mais quand, après sa chute, elle fut l'héritière,
Qu'elle connut sa force, elle devint altière ;
Et lorsque son génie enfanta des géans
Elle prima sur terre et sur les océans.

XL

O roi, veux-tu renaître et relever ton trône ;
Que, reconnu partout, jamais l'on te détrône ;
        Et que ton saint pouvoir
S'étende, en subjuguant, dans un rayon immense ;
Qu'inamovible et grand, ton règne recommence
        Et fasse tout mouvoir ?

Jette au loin cette pourpre et dédaigne un royaume.
La puissance morale, enseigne un axiome,
        Vaut un trône d'airain.
L'amour de qui pense, aime, et de qui prie, aspire
Vaut un petit domaine, est le plus grand empire
        Que rêve un souverain.

Grandi par l'abandon de ta magnificence,
Rien ne surpassera ta divine puissance ;
        Et sous ton saint drapeau
Se rangeront les rois et le peuple et le sage.
— O roi, songe au bonheur dont tu tiens le présage
        Pour l'immense troupeau.

La vénération de tous pour diadème,
En laissant à Dieu seul le droit de l'anathème.
                    Fais des pas de géant !
Et tu pourras, ainsi qu'un colosse de Rhodes,
Mettre un pied dans le ciel et l'autre aux antipodes !
                    — Roi... l'abîme est béant...

UN IMMORTEL

XLI

« J'ai vu dans le néant voltiger astres, mondes,
— Se former sur tout globe êtres, forêts, mers, ondes,
Naître, vivre, mourir leurs premiers habitans,
Puis Homère, et j'ai ri des dieux et des Titans.

« Et dans Rome j'ai vu grandeur et décadence,
Grand courage et génie, infamie, impudence ;
J'ai vu César passer, grandir, vaincre et mourir ;
— Jésus naître, prêcher, enseigner et souffrir.

« J'ai vu sur l'Océan les premières coquilles,
— Des atomes, avec des voiles, des aiguilles,
Lutter contre les vents ; — des Grégoire et Léon,
Deux Charles, rois, un czar ; j'ai vu Napoléon !

« Chaos, faits, actions dont l'être a connaissance,
Qui, par ces mots, insulte à la Toute-Puissance :
« Existe-t-il un Dieu ?... »

                      « Seigneur, des élémens
Déchaînez la tourmente ; et de vos châtimens
Faites sentir le poids sur cette terre ingrate ;
Confondez, en courroux, tout méchant, tout pirate ;
Rabaissez l'orgueilleux, châtiez le pervers ;
Oh ! soufflez sur l'atome, embrasez l'univers !

« Que la foudre, éclatant terrible et formidable,
Fasse à tous mesurer leur abîme insondable ;

Que le monde voltige après un tremblement ;
Qu'il soit réduit en cendre après l'embrasement ;
Qu'il présente l'aspect d'une immense Sodome !

« — Mais, non, non, le géant ne détruit point l'atome. »

Ainsi parle un vieillard, aux pas tout chancelans,
Dont l'âme a vu passer plus de quatre mille ans ;
Dont toujours de sa faux jaillit des étincelles,
Qui fait frémir dans l'air ses monstrueuses ailes.

XLII

Puis, d'un rire étouffé, sur sa face d'airain
Étant l'expression de pitié, de chagrin,
Il ajoute, en raillant et d'une voix tonnante :

« Être au regard hautain, ta voix impertinente
Et chétive et flûtée ose parler aux flots,
Mêle au bruit formidable un vain son de grelots ;
Et ton orgueil compare à l'effroyable foudre
Ton risible tonnerre, aidé d'un peu de poudre ;
Et, selon toi, ton corps est semblable à Celui
Par qui tout a marché, par qui le ciel a lui...
Tu te fais son égal en te créant ministre
Pouvant donner son ciel, — rendre un arrêt sinistre ;
Et, pour Dieu, ton genou dédaigne de fléchir,
Lorsque ton jarret plie, ici, pour t'enrichir...

*

« Un Dieu ?... Mais, tiens, contemple, ô faible créature,
La grandeur, la splendeur de l'immense Nature.

Tu ne trembles donc pas à l'aspect de la mer ?
— Oh ! vraiment, je te plains ; et mon rire est amer
Quand je te vois voguer sur la masse infinie,
Qu'après ton âme doute, et que ton orgueil nie
Un Créateur suprême, un Être sans pareil.
Fais donc un océan... et fixe le soleil...
Et fais donc un atome ayant un peu de vie,
Mangeant, volant, pensant, si telle est ton envie...
Dis à ta vue aussi de ne point se borner.

« Être, à peine sais-tu même te gouverner
Dans la moindre action de ta pauvre existence,
N'étant qu'un résumé de faiblesse, inconstance. »

Rêveur, il continue :

               « Homme, tu te crois grand
Avec titre de roi, poëte ou conquérant.
— Quel pas as-tu donc fait depuis l'ère de Rome ?
Tu ne crois plus à rien ; Dieu, ta voix ne le nomme,
Ne prononce son nom que pour jurer par lui ;
Ton œil le cherche encor, quand son soleil a lui...

*

Élève ta pensée, admire la Nature,
Être, ne doute pas de ta grandeur future ;
Sois géant ! Pour ta force et pour ta liberté,
Comprends que leur principe est la société.

« — Non, pour un si grand but, ton âme n'est pas mûre. »

La grande voix s'éteint et n'est plus qu'un murmure :

« Plus de quatre mille ans pour arriver à rien...
Combien en faudra-t-il pour parvenir à bien ?

*

« Où donc est ton génie?... Oh ! songes-y, prends garde...
Europe, tout là-bas, un grand œil te regarde. »

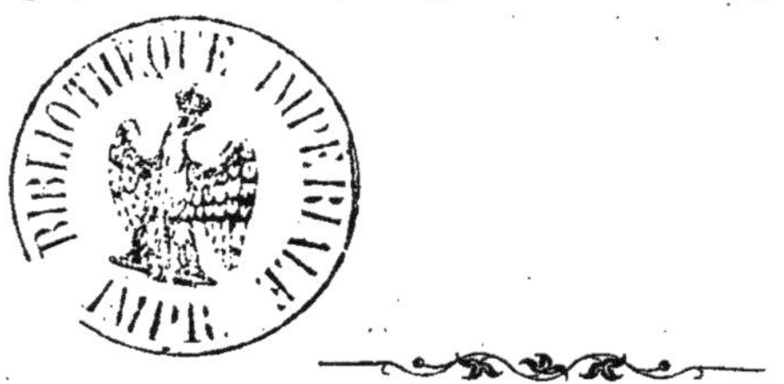

9 782329 061283